꽃을 줄까, 시를 줄까

꿈과 사랑을 일깨우는 시 모음

꽃을 줄까, 시를 줄까

이영식 시화집

지혜

시인의 말

요즘 발표되는 시작품들이 독자와 거리가 너무 멀다는 말을 자주 듣습니다. 한 번 읽어서 선뜻 이해가 되지 않고 또 시를 써보려 해도 쉽지 않아 시 세계에 더욱 높은 벽을 느끼게 되는 듯합니다. 그래서 누구나 편하게 읽고 친구처럼 흉허물없이 소통하며 마음 주고받을 수 있을 만한 시들을 모았습니다.

시를 읽거나 문장을 갖는다는 것은 초목에 꽃 피는 일과 다름이 아니지요. 햇빛 비타민처럼 활력을 더하여 인생을 무지갯빛으로 만들 수도 있습니다. 가슴에서 뛰노는 시 한 수 읽으면 한 주일이 흐뭇하고 순금 같은 시 한 편 쓰고 나면 한 달이 행복하니까요. 좋은 시집은 곁에 두고만 있어도 향기가 묻어나는 법이랍니다.

차례

시인의 말 5

1부
"시, 눈으로만 읽지 마세요."

2부
"가만히 말문 열고 시를 읊조려 보세요."

3부
"잠자던 시가 이슬처럼 깨어납니다."

1부

"시, 눈으로만 읽지 마세요."

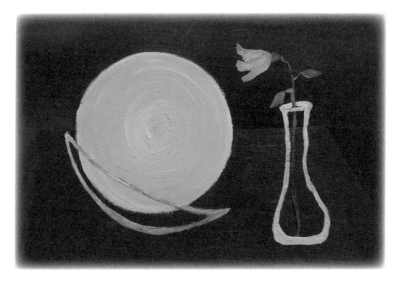

— 본 시집 속의 유화는 최서림 시인의 작품입니다.

이 시대의 사랑법

징징대지 마

그가 내던지고 간 사과보다

더 크고 탐스러운 사과를 따는 거야

그게,

최고의 복수란다

—「사랑하라, 그러나 서로의 사랑으로 구속하지는 말라.」
(칼릴 지브란)

너를 만난 뒤로

하루가 짧다
그리움에 목마른 탓일까

너를 만난 뒤로

별자리 찾아보고
풀꽃에도 눈 맞추게 된다

너를 사랑하는
나를 사랑하게 되었다

작은 행복

파릇파릇

솟아나는 새싹 머리에

봄비가 입맞춤하듯

햇살 같은 시가

맨발로 나를 꼭꼭 밟고 가는 날

나 혼자의 커피

각설탕 같은 외로움이

혀끝에 달다

이별, 그놈

쾌도로 내려칠까요

민어대가리처럼
뚝 잘라
맑은국이라도 끓일까요

자, 한 그릇
당신과 내 가슴 우려낸
국물입니다

아직 싱겁나요?
그럼 울음 몇 방울 섞어 드세요

— 살다 보면 이런저런 이별 앞에 참 많이도 서게 된다. 영화 소설 드라마 속에서 수없이 읽고 보고 들어왔건만 막상 그 앞에 놓이고 보면 민어대가리처럼 뚝 떼어낼 수가 없다. 몇 번이나 다짐했던 쿨하게 쌈박하게는 모두 어디로 기어들어 갔는지 무채색의 굽굽한 분위기에 빠지고 만다. 이별, 그놈 뚝 내려쳐서 맑은국이라도 끓일 수 있다면 시원한 국물 한입에 털어놓고 깔끔하게 돌아설 텐데 말입니다.

쇄골미녀

그녀가 이별을 고했다

"나 여자로서 끝났어
얼굴에 흐르던 땀방울이
가슴으로 그냥 떨어지더라
쇄골이 사라졌다니까"

이 꿀꿀한 맥락은 뭐지?

참말로
엉뚱한 앤딩이고
멜랑꼴리한 연애였다

리콜도 되지 않는
사랑

첫 키스, 물어내라 할까?

참 예쁜 고백

너는 세상에 하나밖에 없는
나의 꽃이고

나는 세상에 하나밖에 없는
너의 꽃밭이야

날이면 날마다

누가 내 몸속에
자판기 한 대 심어 놨나봐

꾹! 누르기만 하면
너를 향한 그리움 쏟아져 나오니

혼자 내려서
혼자 마시는 블랙커피

누군가 묻네
그렇게 쓴 사랑 뭐하러 하노?

그래서 대답했네

안 그래.
사서 하는 고생도 짜릿한 게 있다니까

—「사랑은 간절함에서 시작된다」

하루살이

입이 없다
먹지도 않고 똥도 누지 않는다

겨우,
하루 살다 가는데
그럴 새가 어디 있느냐

오직 하나
사랑하고 죽을 뿐이라니!

고 작은 것들
참 뜨겁기도 하다

꽃인지 가시인지

사랑아
네가 꽃인지
가시인지
몰라
힘들다

줄다리기
이제 그만하자
네가 불인지
물인지
몰라
힘들다

불이다가
물 되고
오늘은
얼음이 되는
내 사랑아

시인

어린 왕자가 물었다

아저씨는 직업이 뭐예요?

나는 시인이란다

이 별에서는 시가 밥이 되나봐

그보다는

시에게 나를 떠먹이는 거지

To: 나의 어린 왕자에게

― 1943년에 세상과 만났으니 어느덧 너도 팔십 고개를 바라보겠다. 나이깨나 들었는데 왕 노릇 한 번 못해보고 지금껏 왕자라니 왠지 내 마음이 슬퍼지는구나. 네가 잠시 다녀간 지구라는 별에는 너무 많은 버섯이 퍼져서 점점 더 삭막해지고 있단다. 그래서인지 사람들은 B-612, 작은 행성에서 왔던 너를 더욱 그리워하고 있지. 너는 시인도 아니면서 참 많은 시적 영감을 남기고 갔구나. 어린 왕자야, 너에게 내 가난한 시집 한 권 부친다. 외로울 때 바오밥나무 아래서 친구 삼아 펼쳐보렴. 너를 사랑하는 시인으로부터…

"사막은 어딘가에 샘을 숨기고 있기에 더욱 아름다운 거야."

물위에 쓴 시

내가 너를
사랑함은
물위에 쓴 시 같아서

차오르는 그리움
속속들이 꺼내 썼는데

잔물결
지나고 나니
한 자도 남은 게 없네

순수시대

소꿉놀이하듯 풀꽃 앞에 앉으면

꽃처럼 낮아지고
꽃처럼 작아지고

고놈과 눈이 맞아서 근심 걱정 하나 없네

꽃비

차마 밟지 못하네
차마 쓸지 못하네

해종일
기다려도
그리운 사람 오지 않고

난분분
날리는 꽃잎
바람이 주워가네

—「좋은 마음을 내어야 좋은 사람을 얻는다」

너와집

저문 강
여울목 돌아서니

보인다, 너와집 한 채

방 한 칸
겨우 움 틀어 앉은 너와의 집

박 넝쿨 사이
구붓하게 솟은 굴뚝 위로
꼬물락꼬물락 띄워 올리는
연통문戀通文

오늘밤
꼬막별 하나씩 까먹고

박꽃 웃음
자리러지것다

풀꽃

잡초 같지?
예야, 아무리 그래도
뿌리까지 뽑지는 말거라
눈 맞추고
이름 불러주면
세상에 가장 작고
예쁜 꽃 피워낼 테니

무제 無題

오십천五十川
죽기에 실패하는 연어는 없다*
수 천만리 바닷길
목숨이 붙어 있는 한
모천의 물 냄새 거슬러온다
서늘하고 맑게 휘어 꺾이는 곡류
궁벽한 곳에 핏줄 댄 채
알을 슬어놓는다
회귀와 죽음,
그 너머는 생각지 않고
필생의 약속을 지키는 거다

* 고형렬 산문집 『은빛 물고기』에서 빌려옴

— 오십천은 강원도 태백시와 삼척시의 경계인 백병산에서 시
작되어 동해로 흘러드는 하천이다. 곡류가 심해서 동해로 흘러가
기까지 50번가량 꺾여야 한다고 오십천이라는 이름이 붙었다.
그 깊디깊은 촌구석 개울에 연어가 산다. 서태평양 오호츠크해까
지 진출했던 그들은 몸으로 기억하는 물 냄새 따라 어머니의 강
으로 돌아와 회귀의 약속을 지킨다. 그리고 그 궁벽한 곳에 핏줄
을 대놓은 채 오직 사랑하고 죽는다. 그들의 뜨거운 삶 앞에 무어
라 이름을 붙여야 할지 몰라서 제목 없는 시로 두었습니다.

한 마리 나비처럼

길 없이도 날아서 꽃에 닿는 나비를 보아라

너를 향한 내 마음도 꽃밭의 나비처럼 그러하다

네가 보아도 좋고 보지 않아도 좋다

나는 한 마리 나비처럼 비뚤비뚤 너에게 간다

그리움

퍼내도
퍼내도

다시 고이는
샘물

마셔도
마셔도

가시지 않는
목마름

공

공은
날고 구르는 것만 배웠지
쓰러지는 법을 모른다

내 사랑도
오직 네 앞에 날개 접고
잡히는 법만 익혔다

허공을 건너 내려앉은
공,

그만한 거리로
나에게 다시 던져다오

—「걸어서 달까지」

어머니, 소풍가요

홀쭉한 배낭 한 개
안방 아랫목에 누워 있다

주워 담거니
더 내놓을 무엇도 없다는 듯
옭매던 줄 풀어
안과 밖, 경계를 지웠다

저 작은 주머니
주름투성이 몸피 속에서
내가 꺼내졌다니

나들이 접은 배낭은 일없다는 듯
코만 쿨쿨 골고 계시다

어머니, 살구꽃 다 지겠어요

나무와 새

나무는
새를 품고 싶어 한다

새는
나무에 깃들이고 싶어 한다

바람 속
나무와 새는

서로 그리워하는 힘으로
허공을 살아냅니다

백수白壽

나, 이제 미워할 사람도 없다오

― 흔히들 백수를 누렸다면 1백 세까지 살았다고 생각한다. 그러나 白壽라는 글자를 자세히 보면 일백 백百을 쓴 것이 아니라 흰 백白을 쓴 것을 알게 된다. 흰 白이란 글자가 일백 百에서 일획一을 뺀 모양으로 백수란 100에서 하나가 모자라는 99세를 가리키는 말이다. 사랑하던 사람이나 친구들 모두 떠나보내고 홀로인 백수의 시간을 건너고 있으니

"나, 이제 미워할 사람도 없다오."

세상에서 가장 외로운 섬 하나 앉아 있습니다.

부모

벗겨먹고 우려먹고

오늘도

내가 착 달라붙어 빨고 있는

굽고 휘어진 등짝

아무리 그러해도

단 한 번

귀찮다, 무겁다 하신 적 없습니다

혼자 울기 좋은 곳

살다가 눈물 날 때

그리움보다 외로움이 더 힘들게 할 때

누구도 위로가 되어주지 못하고

세상과 적당한 거리가 필요할 때

혼자 조용히 스며들어 울 수 있는 곳

펑펑 눈물 쏟아도 누가 뭐라 하지 않는 곳

귀가 서럽도록 혼자 울기 좋은

그렇게 넓고 따듯한 어깨 없을까요?

11월

당신 떠나보내고 허전한 마음으로

인디언 달력 기웃거리다가

'모두 다 사라지는 것은 아닌 달'*

바로 당신 같은 달을 만났습니다

*인디언 아라파호족은 11월을 '모두 다 사라지는 것은 아닌 달'이라
고 불렀다.

—「시인이 되려는가, 인디언 달력으로 살아라」

초록다이어리

누구나
처음 겪어보는 청춘

연습도 없이
사랑도 처음이라

하루하루

낯선 설렘과 눈부심으로 펼치는
다이어리

대숲의 바람처럼
초록터널을 지나고 있다

꽃짐

아무리

향기로운 꽃이라도

어깨에 지고 가면 짐이 됩니다

감사하고 나누세요

사랑도

뿌려야 싹 돋고

더 많은 꽃이 피어납니다

나의 시계

잠자는 벽시계
건전지 갈아주다 문득
내 몸속 시계소리를 들었다
초침처럼 뛰는 맥박
하루 십만 번 벌떡거리는
심장,
나의 시계소리에 집중하는 순간
세상이 멈춘 듯
사방이 잠시 아득했다

힘 재충전하고
바늘 움직이는 벽시계가 묻는다
당신의 시계는 몇 시인가

— 시계는 사람과 가장 오랜 역사를 함께해 온 사물 중의 하나다. 해와 달과 별 보며 시간을 측량했고 그것으론 부족하여 언제라도 시각을 알 수 있는 기구인 시계를 만들었다. 그 오랜 세월을 시계와 함께하다 보니 "얘야, 시계가 잠잔다. 밥 주어라." 이렇듯 자연스러운 은유가 생활 속에 녹아들었다. '시계불알'이라는 아명으로 시계추를 주무르기도 하고 시계가 병이 나면 찾아가는 '시계대학병원'은 또 얼마나 유쾌한 말놀이인가. 사람은 저마다 시계 하나씩 품고 태어난다. 가끔 고장이 나면 수리도 받지만 가장 치명적인 결함은 내장된 밧데리의 수명을 더 늘리거나 바꿔 끼울 수 없다는 것.

그러니 가끔 물어볼 일이다. "나의 시계는 몇 시인가?" 주어진 시간을 극복하기 위해 어떤 주술적 믿음에 기대기보다는 바로 지금 똑딱거리며 가고 있는 나의 시계 앞에 감사할 일입니다.

울음 이유식

두견새는 왜 밤새워 피 토하듯 우는 걸까

다정도 병인 양하여~는
봄밤의 시인들이 읊은 노래일 뿐

두견이는 남의 둥지에 몰래 두고 온 제 아기에게
엄마 울음을 떠먹이는 거란다

헌책방에서

희원아 사랑해!
그리고 생일 축하해

오래된 시집
첫머리에 보이는 손글씨
생일선물이지만
'축하'보다
'사랑해'가 먼저였던
두 사람

빛바랜 시집처럼
어디서 늙어가고 있을까

사랑

매일 닦고
조이고
기름 치자

가끔
부르릉!
시동도 걸어보자

마음은
움직이는 거니까

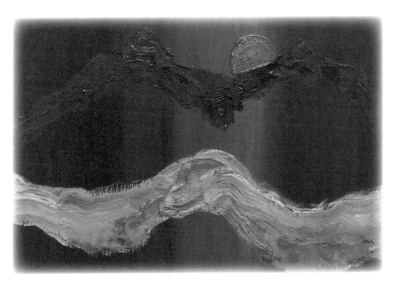

—「부르다, 내가 죽을 이름이여」

가을 안부

오늘도
들에는 풀씨가 맺히고
작은 샘터에는
물방울 몇 줌 모여
물길을 내고 있지요

가을햇살 아래
그저 그런 하루는 없습니다
당신 생각으로 밤새우고
그리워하는 사람이 있음을
잊지 마세요

강

강물은
바다에 닿아 제 이름을 버린다

품었던 물고기도 하나 없이 놓는다

그래야
더 큰 곳으로 나아갈 수 있으므로

낮달

기대어 울 곳만 있어도 그건 외로움이 아니란다

— 낮달은 선천성 그리움이라는 병을 안고 태어난다. 무채색의 몸은 그냥 막막하게 떠 있을 뿐 배경이 없다. 혼자 떠가는 빈 배는 있어도 없어도 그만이고 하늘에 종일 흘러 다녀도 누가 봐주지 않는다. 무한 허공 어디 하나 기댈 곳 없는 낮달 아래서 누가 외롭다 하는가.

"기대어 울 곳만 있어도 그건 외로움이 아니란다."

당신의 어깨 위에 내려앉은 쪽배 한 척이
귓가에 가만히 속삭이는 소리 들리시나요.

동행

혼자가 아니고
둘이다

그러면 됐어

둘이서
한곳을 바라보는데

외로울 틈이 어디 있겠니?

저녁 한때

저녁이 있어 고맙다
낮에서 밤으로
선뜻 건너가지 않고
땅거미 지는 풍경들
고즈넉이 바라볼
어스름 저녁 한때가 있어
하루를,
나를 돌아보게 해주니
참 고맙다

2부
"가만히 말문 열고 시를 읊조려 보세요."

— 본 시집 속의 수채화는 남중질 화백의 작품입니다.

사랑도 운다

사랑은
혼자하지 마라

외로워진다

원앙도
혼자 두면 운다더라

―「사랑을 두려워하는 것은 삶을 두려워하는 것이다」

별

별이 찰강찰강 빛나는 것은

외딴집 작은 창가에서

누군가 시를 쓰고 있기 때문이다

외롭고 높고 쓸쓸한 곳

물먹은 눈빛이 뼛속까지 내려가

가난한 밤을 건너고 있기 때문이다.

mother

미국의 어느 초등학교 과학시험 문제다

"m으로 시작하는 단어 중
상대방을 끌어들이는 성질과 힘을 가진 단어를 쓰시오"

정답은 magnet(자석)이었다

그런데 85% 이상의 학생들이 답을 mother라고 썼다

고민하던 선생님은 마침내 mother도 정답으로 처리했
다니

참 따듯하고 지극한 이야기다

아이들의 마음을 자석보다 먼저 끌어당겼던 mother

세상에서 가장 따듯한 이름, 우리엄마

'볕뉘'라는 말

나무그늘 아래
노숙자의 굽은 등에 떨어진
햇볕 몇 조각

유난히 고맙고
따듯하게 느껴지는
저 볕뉘만큼

나눔과 결이 통하는 말 있을까요

지상의 낮고 그늘진 곳
작은 틈으로
살며시 부어주는 사랑

쥐구멍에까지
두 손을 쬐게 하는
햇살 한 줌

그 지극한 온도

— 시인이 되어 만난 가장 따듯한 말 '볕뉘', 너무 생소한 단어인지라 말모이에서 찾아보니 '울창한 나뭇잎 사이로 내리쬐는 햇빛 한 조각, 깜깜한 방에 창틈으로 가늘게 비쳐드는 햇살 한 줌'을 뜻한다. 토막말 '뉘'는 또 얼마나 미세한 떨림으로 파문을 일으켰던가. 별로 대단치 않은 것, 작은 것, 하찮은 것을 이르는 말이니 말모이에 실린 뜻풀이만 갖고도 뭔가 꿈틀거리기 시작했다. 유난히 고맙고 소중하게 느껴지는 말, '볕뉘'가 가자는 대로 따라갔더니 시 한 다발이 뚝딱 내 앞에 놓여 있었습니다.

구워먹는 슬픔

아무리 속이 텅 비었더라도
때늦으면 까맣게 꿈을 태우게 된다며

슬며시 돌아눕는
공갈빵,

차지게 늘어붙는 슬픔 한 덩이가
불뚝 배를 불리고 있다

빈 그릇

많은 것 주시고

아무리 많은 것 받아도

감사가 따르지 않으면

늘 비어서 깨지기 쉬운

그릇일 뿐입니다

꽃보다 향기로운 말

장미원 걷다가
그이가 속삭이듯 귀에 넣어준 말

'내가 곁에서 끝까지 지켜줄 테니
자기는 가시를 키우지 마'

—「사랑은 가시를 녹여 환희로 만드는 재주가 있다」

삶이라는 말 속에는

사람이 살고

사랑이 살고

넘어져 깨지고 아물고

삶 — 사람 — 사랑

모두 한 울타리 안에

꾹 참은 울음 같기도 합니다

장미를 사랑하는 일

장미를 사랑함은
꽃과 가시
벌레 먹은 잎까지
사랑해야 합니다

누군가를 사랑함은
예쁨과 미움
늙고 병든 몸까지
사랑해야 합니다

꽃도 사랑도
온전히 나를 내려놓고
처음이자
마지막인 듯
받아 안아야 합니다

무심 無心

살구꽃 그늘 아래

노인과
개 한 마리

앙상한 뼈와 뼈가

곁을 주고
앉아서

이름만 봄나들이지

서로를
쬐고 있네

— 시에 그려진 이미지는 아주 단순하다. 노인과 개 한 마리가 봄나들이 나와서 살구꽃 그늘 아래 무심하게 앉아 있는 모습이다. 그윽한 풍경, 정답게 앉아 있는 모습을 보여주기 위해 쓰인 말 '곁을 주다'는 서로가 느끼던 거리감을 없애고 속마음까지 터주어 무방비의 상태가 되는 거다. 거기에서 한 걸음 더 나아가 사람이나 사물이 햇볕의 불기운을 몸체에 받거나 쬔다는 말 '쬐다'까지 가세하고 보니 시는 더없이 깊어진다. 얼마나 외로움을 탔으면 체온으로 서로를 쬐는 것일까. 제목처럼 無心하게 읽고 넘어가기엔 너무 따뜻한 시 아닐까요.

딱한 이름 하나

몰래
혼자 써놓고
나직이 불러보다가
슬며시 지우는 이름 하나

지우개가 지나갔지만
백지 위에 천리향처럼 남아
내 마음을 춤추게 하는
그렇듯 딱한 이름 하나 있습니다

동백꽃 필 무렵

세월 까마아득 흘러도
잊히지 않네

꽃물도 오르기 전에
톡—

목이 꺾여 떨어진
첫사랑

사랑을 하면 예뻐져요

아이야
네가 너무 예뻐져서 남들이 몰라봐도
내가 책임은 못 진다

―「사랑, 그 회오리를 어떻게 글로 쓰고
　그림으로 보여줄 수 있을까」

창문 너머 어렴풋이

창문 너머 어렴풋이
떠오르는 한 사람 있습니다

사랑을 해봐
너도 시인이 될 수 있어
자꾸 말이 하고 싶고
편지도 쓰고 싶고
그러면서 시가 나올 거야

아주 오래전
내 귓속에
캔디처럼 달콤한 말 넣어주던
첫사랑

그 사람이 생각납니다

낮달

외롭다
쓸쓸하다
나는 혼자다

세상고독
다 짊어진 듯
마시라

어디서도 본 적 없는
선한 눈빛 하나가
당신을 내려다보고 있느니

미안하다, 봄

네가 언제 왔는지

가는지도 몰라 미안하다

산수유 진달래 복사꽃…

저마다 꽃다운 이름으로

깜냥껏 피고 지는데

사랑할 줄도 몰라서 정말 미안하다

— 꽃들의 이름 하나 제대로 불러보지 못하고 봄을 보낸 이유, 이리저리 둘러대지 않겠습니다. '게으른 사람은 석양에도 바쁘다'는 말이 있는데 오늘 지금 내 자리가 꽃자리인 줄 이제 겨우 깨우쳤습니다. 아무리 궁해도 '때문에' 보다는 '덕분에'라는 언덕에 기대어 살도록 하겠습니다.

가을 남자

가을이다
너 때문에 앓는다

부디, 나로 하여
너는 아프지 말거라

꽃나무

내가
나무로 서 있는 건

아프도록 설레는 그리움으로

내 안에 품고 있는
너를 꽃피우기 위함이다

사랑이야

잘 익은 사과 한 개 베어 물었다

꿀맛이라는 홍로,

단맛을 느껴보기도 전에

네 얼굴이 먼저 떠오른다

이거 뭐니?

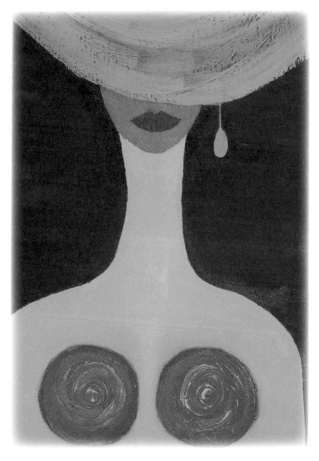

—「단 한 번 눈길에 부서진 내 영혼」

귀뚜라미

가을이 깊었나 봐
가랑잎 굴러 소슬바람 끌고 있네요
어둠 속 호올로—
가만히 울 자리 찾아야겠습니다

기적

너를 보내고 하루가 지나갔다

별이 뜨고 바람이 불었다

너를 생각하다 잠들었는데

네가 꿈길로 다시 돌아오다니!

성냥불

사라졌다

그대와 나
어느 가슴 하나라도
죽— 그으면
기다렸다는 듯
불붙어 일어나던
사랑

— 성냥개비의 붉은 머리를 성냥골에 갖다 대고 죽— 그어대기만 하면 기다렸다는 듯 일어나던 불꽃, 그 시절 우리 사랑도 그랬지요. 손만 잡아도 짜릿짜릿 전기가 통하고 번개처럼 번쩍이던 키스, 쿵쾅거리던 가슴도 비마표, 낙타표, 유엔성냥… 그 많던 성냥이 사라지듯 어느새 가뭇없습니다.

참, 섭섭하다

너는 왜, 내 꿈길로 한 번도 오지 않는 거니?

용서라는 말은

용서라는 말은
보름달처럼 둥글번번하겠다

초승달이 참고 기다려
크고 둥글게 만월을 이루듯
달빛 아래 의좋은 형제가
서로에게 몰래 볏단을 져다 놓듯
가시 같던 마음자리
구부리고 닦아서 보름달이 떴다

용서라는 말은
너와 나,
벌어진 틈으로 동글동글 굴러와
반지처럼 이어주고 말거야

햇살 비빔밥

봄의 손가락
봄의 발가락
봄의 기지개
고물고물한 새봄의 표정을
한 그릇에 비빈다

새싹 비빔밥
고 여린 풋것들 제법 매콤하다

봄의 입김
봄의 향기
밥도둑 모셨으니
방귀조차 향기롭겠다

햇살비빔밥이다

— 「아이들은 지금 당장 놀아야 한다」
(ft. 우영우 9회 — 방구뽕)

스냅 사진

바람이 꽃잎 스치듯 가볍게
오래된 수첩 꺼내 펼치듯 자연스럽게
아는 듯 모르게 남아 있는
지문 같은—

너의 웃음

동시집

내가 읽고
동생이 읽고
걸레질하던
엄마가
펼치고 들어가서는
해가 지도록
빠져나오지 못하는
마술 같은
집

좌우명

착하게 살다
가난하게 가지 말고
가난하게 살다
착하게 가지도 말자

세계적으로 유명한 몇 분들의 인생좌우명을 살펴보면

* 뜻이 있는 곳에 길이 있다 (버나드 쇼)
* 성공하려면 귀는 열고 입은 닫아라 (죤 데이비슨 록펠러)
* 소중한 사람에게 최고의 서비스를 하라 (마이클 볼룸버그)
* 내일 아침신문 1면에 나올만한 일에 전념하라 (워랜 버핏)
* 돈이 아니라 사람을 위해서 일하라 (앨런 더 쇼비츠)
* 시련을 당하면 가능한 한 웃어 넘겨라 (엔드류 카네기)

뜻이 넓고 깊어서 이미 성공이 예견되는 좌우명 맞습니다.

"아무리 그러해도 저는 작고 낮게 가렵니다."

* 착하게 살다 가난하게 가지 말고
  가난하게 살다 착하게 가지도 말자

청수이발관

― 손님 여러분 죄송합니다
　오늘 하루 쉽니다
　아이와 함께 곤충채집 갑니다

이발관 유리창
달력종이 뒷장 비뚤비뚤 기어간 글발
복지경 땀범벅 거리를 빠져나간다
도시근교 어디쯤 재잘거리는
아이 웃음과 풀벌레 숲길에 닿아 있다
이발 6천원, 염색 5천원
가격표 위에 붙은 임시휴일 안내문에서
여치가 울고 방아깨비가 뛰고
젊은 아빠의 푸른 정맥이 읽힌다
텅 빈 이발관 혼자 지키는 액자 속
삶이 그대를 속일지라도…
되뇌며 돌아서는 동네 더벅머리들
물 한 바가지 등에 퍼부은 듯
모두 시원스런 모습이다

모유수유

까르르 쿡쿡
재재재 까꿍 꼬르륵 깔딱
투루루

엄마와 아기,
서로 눈 맞춰 쫑고 까부는 사이

예수님 부처님
세상 모든 신들도 허리띠 풀고

까르르 쿡쿡
재재재 까꿍 꼬르륵 깔딱
투루루

사랑 만발합니다

그때를 아시나요

천변
오방오리 가족
빗속에 오종종 모여 젖고 있다
어미가 날개 펼쳐시
빗물 젖은 새끼들 모아들인다
몸 하나로 세운
집
한
채
보일러도
이부자리도 없다
몸과 몸으로 서로를 녹이는
지상에서 가장 작고
따듯한
방

그래, 우리도 그런 시절이 있었지

— 스물네 번의 이사, 비 억수로 퍼붓던 날의 청계천 이사가 최악이었다. 식기류와 이부자리 몇 덩이뿐인 이삿짐을 리어카에 실어서 밀고 끌며 닿은 판자촌 단칸방. 다음 날 아침 식구들은 모두 연탄중독으로 나가떨어지고 엉금엉금 기다가 동치미 국물로 겨우 정신을 차릴 수 있었다. 오리 새끼들이 어미 날개 속에서 비를 피하듯 우리도 몸과 몸으로 서로 녹여주며 살던 "그래, 우리도 그런 시절이 있었지."

요즈음 반지하주택 침수사례로 각종 대책이 난무하고 있는데, 실제로 그들을 지상으로 올려놓지도 못하면서 말의 홍수로 또 한 번 마음의 상처만 주고 있는 건 아닌지 곱씹어 생각해 봐야 합니다.

노숙

매미가 여름 끝자락 물고 울어재낀다

짝 찾지 못한 뿌리가 아직 젖어 있겠다

그 밥에 그 나물이라도 좋으니

당신이 해 준 밥 한 상 받고 싶다

오늘의 운세

아침 화장실
신문지 펼치고 앉아 오늘의 운세를 읽는데
꽤 깊은 궁리 끝에야 매화 한 덩이가 겨우 떨어진다

오늘 하루도 만만치 않겠다

무릎

하나님은 나무에게 무릎을 주지 않으셨다

꽃과 향기로 세상을 아름답게 수놓고

그가 맺어놓은 열매 또한 유익하니

누구에게도 무릎 꿇을 일이 없기 때문이리라

—「당신은 언제부터 하나님이 크게 보였습니까」

까막눈
— 한글반 김막순 할머니

어머니
먼길 떠나신지 30년
하늘나라로
편지 한 장 올립니다

어머니
낫 놓고 기역자도 모르던 제가
칠순 넘어 글 깨치고 눈을 떴습니다

이제는 은행이나 주민센터도
마음 편히 다닙니다

쓰고 또 써 봐도
너무 신기해 다시 쓰고 싶은
어머니, 우리 어머니

까막눈 너무 어둡고 멀어
안부가 늦었습니다

꿈에라도 꼭 한번 보고 싶은 어머니

꽃을 줄까 시를 줄까

꽃나무가 물었다

꽃을 줄까 시를 줄까

시인이 대답했다

꽃 보고 거둔 자리

네가 품은 꽃씨를 주렴

싹 내고 꽃 피워서

시를 받아 적을게

뽀뽀는 늙지 않는다

뽀뽀는 무슨 색일까
곰곰 생각하다가
무지개색이 떠올랐습니다
이 빠지고
주름진다 해도
사랑이, 뽀뽀가 늙지 않듯
무지개는 늘 꿈을 주니까요

─「도봉산 벽화거리,
　구본준 작가(프라하 거주) 부조작품을 촬영했습니다」

— 웃음 복 터진 할머니 보이나요? 주름 물결이 그려내는 저 환한 아우라, 이빨이 하나도 없는 할머니 입에서 금방이라도 부끄러움 타는 웃음소리가 흘러나올 듯 생생합니다. 그리고 할아버지 모습은 어떤가. 입술까지 비죽 내밀어 사랑을 전하는 뽀뽀. 키스랄것도 없는 볼맞춤이 너무 정다워 보고 있는 우리도 부러울 지경이지요. 나이 불문의 스킨십, 뽀뽀는 무슨 색일까 갑자기 궁금해집니다. 빨강은 너무 드러나는 것 같고 노랑은 너무 숨은 듯. 그러다가 문득 무지개가 떠올랐습니다. 아이 어른 없이 누구에게나 순간적으로 꿈과 환희를 가져다주는 마술 같은 퍼포먼스. 아마 뽀뽀는 일곱 빛깔 무지개가 틀림없을 듯 생각됩니다.

3부

"잠자던 시가 이슬처럼 깨어납니다."

— 「산다는 게 별거니, 먹고 마시고 전화하고…」

너의 길

오늘
나 혼자 걷는 이 길은
나의 길이 아니야
네 생각만 하고 걸으니
너의 길인 거지

삶이라는 것

느낌표!
터뜨리며 태어났다

물음표?
끌어안고 뒹굴었다

쉼표, 찍고
잠시 숨 고르고 나니

어느새 코앞에 놓인
점 하나

마침표.

예쁜 치매

소원이 하나 있어요

제발,
잊고 싶은 것만 잊게 해주세요

—「난 괴로운 일도 있었지만 살아있어서 좋았어/
너도 약해지지 마」(99세에 시집을 출간 한 시바타 도요)

통 큰 사랑

결혼은 했답디까?
그럼 됐습니다
남자는 여자가 있어야지
북에서라도 오래 편히 살다가
통일되면 만날 수 있겠죠

나이 사십에
어부남편 잃고 제사 모시다가
백발이 되어서야 납북 사실을 알게 된 아내
진물 같은 눈물 흘리며
'남자는 여자가 있어야 살지'

휴전선 155마일 비무장지대
텅텅! 울리고도 남을
큰 북 하나,

통 큰 사랑을 펼쳐보였습니다

민들레

밟으세요
뽑으세요

땅속 깊이 묻은 눈물
새봄에는 샛노란 웃음으로
다시 깃발 꼽으리니

아무리 작은 영토라도
그냥 생겨난 나라는 없답니다

누가 예뻐?

내가 예뻐?
꽃이 예뻐?

웃으면서 굴러온 두 개의 물음표

주워 담기 난감하다

너와 꽃
모두 울리고 싶지 않으니

— 이런 질문 받아보신 적 있지요? 참 상큼하고 예쁜 물음표가 내 앞으로 굴러왔는데 이걸 어쩐다지? 그냥 모른 척 돌아설 수도 없는 난처함이라니. '사람이 꽃보다 아름다워'라는 노래도 있잖아, '당연히 네가 더 예쁘지'라고 답하면 기다렸다는 듯 그녀의 얼굴에는 홍조가 돌고 웃음꽃이 피어날 것입니다. 그렇게 말하고는 모른 척 지나가는 당신의 뒤통수에 꽃의 울음이 날아와 박힐 것 같지 않습니까?

송이눈

소리 없는 말씀으로 내립니다

순백의 사랑 쌓고 쌓아

무명無明에서 건너올

누군가의 큰 발자국 기다립니다

엽서 한 장

툭—

산사나무가 던져놓은 한 닢
가벼움의 무게

아기손바닥만한 가랑잎 속에
말씀 한 권 넉넉합니다

느린 저녁

불볕에

바싹 익은 고추잠자리 한 마리

내 어깨에 납작 붙어 꼼짝하지 않는다

하루도 끝자락이니

함께 쉬어 가자고

—「잠시 멈추라, 그리고 더 긴 호흡의 영혼으로 깨어나라」

아빠의 숙제

우리 집 달력에는
빨간색 동그라미가 몇 개 그려져 있다

엄마에게 저게 무어야 물었더니
아빠가 숙제하는 날이라네요

아빠네 선생님은 참 좋은 분인가 보다
우리는 매일 하는 숙제를 저렇게 뜸뜸이 내주시다니

콩나물

내 머리 두 동강이 나도록 달달 끓였습니다

한사발 뜨신 국물에 고춧가루 풀어 드세요

콩콩! 이번엔 당신 가슴을 쪼갤 차례올시다

안흥찐빵

눈발 휘날리는 날
42번 국도변 소읍에 닿았습니다
입구부터 빵 익는 냄새
한 마을이 온통 빵으로 부풀다니!
우리는 팥알처럼 오종종 모여
희고 둥근 사랑을 나누었습니다
누구에게나 덥석, 배 갈라주는 빵
씹을수록 허기지는 그리움
세월 저쪽 어디쯤 묻혀 있었던
옛 얼굴들이 떠올라 울컥
목이 메었습니다

— 서울과 강릉을 잇는 42번 국도. 예로부터 대관령 넘어서 서울로 가는 길손들이 점심 먹기 위해 들르는 중간 기착점인 안흥(강원도 횡성군 안흥면 소재). "입구부터 빵 익는 냄새/ 한 마을이 온통 빵으로 부풀다니!" 우리는 팥알처럼 오종종 모여 희고 둥근 빵을 씹었습니다. 한순간에 시계는 거꾸로 돌아가기 시작합니다. 세월 저쪽 어디쯤 묻혀 있었던 추억의 맛을 되새기는 명소가 되었습니다.

네가 시인이다

뽕잎 먹고 명주실 뽑아놓는
누에야

네가 시인이다

고치 속에 갇혀 여섯 잠 자면서도
날개 꺼내고
하늘 펼쳐 꿈꾸는

그래, 네가 바로 시인이다

휴休

나무에 기대앉아서
시를 읽었습니다
양떼구름 흘러가는
먼 하늘 바라보며
그대 생각도 했지요
참 행복했습니다
집으로 돌아오는 길에는
아기별이 실눈 뜨고
내 뒤를 따라왔어요

쉼표, 같은 하루였습니다

꽃길만 걸어라

따듯한 격려의 말씀 감사합니다

그러나

저에겐 아직 넘어야 할 산이 있고

빈 배낭이 있습니다

―「태어나려는 자는, 하나의 세계를 깨뜨려야한다」(헤르만 헤세)

가방

며칠 뒤
유치원에 입학할 아이에게
가방을 사주었더니
어깨에 넝큼 둘러메고
이 방 저 방 뛰어다니며 신났다
저 작은 가방으로 시작하여
얼마나 많은 짐들이
그 어깨에 매달릴 줄 모르고—

가시가 없으면 장미가 아니야

발라 먹고 뼈만 남은 생선 가시
겨울나무처럼 쓸쓸하다

열매 잎 다 털린 채
그림자만 썰렁하게 키우고 있는
나목처럼 보인다

사랑도 그럴 때가 있지

생선이 불판에서 몸 뒤집히듯
몇 번 옮겨 앉고 입맛대로 씹히고 나면
사랑도 가시만 남는다

그래, 가시가 없으면 장미가 아니야
아프니까 사랑이지

시가 써지지 않는 날은

나무와 새를 보았다

달팽이 찾고
풀꽃을 그렸다

꽃말 생각하다가 나를 깜박 잊기도 했다

아무것도 아닌 듯
내 마음 내려놓은 빈자리

꽃대가 올라왔다

— "시의 첫 문장은 하늘이 내린다"는 말이 있지요. 새하얀 백지 위에서 한 걸음도 떼지 못하고 날밤을 새우다가 가만히 입속으로 되뇌던 김춘수의 "꽃". "내가 그의 이름을 불러주기 전에는/ 그는 다만/ 하나의 몸짓에 지나지 않았다." 그 첫 문장 앞에서 절망하고 시를 접었다. 다음 날 아침 들길 걸으며 나를 맞아주는 싱그러운 바람과 햇살 속에서 나무와 새를 보았다. 달팽이를 찾고 꽃을 그렸다. "그들의 꽃말을 생각하다가 나를 깜박 잊기도 했다." 그렇게 나를 지우고 나니 한 다발의 시가 기적처럼 내 가슴에 안겨 왔습니다.

봄비 오는 날

봄비 맞으며 걷던 그녀가
촉촉이 젖은 목소리로 말했다

맨살 위에
뛰어내리는 간지러움 견디다 못해
꽃망울이 터지는 거라네요

그랬군

나도 봄비처럼 가고 싶다
너의 어깨 위에 맨발로 뛰어내리고 싶다

키스

앵두 빛 네 입술 위에

봄 같은 내 입김이 닿으면

세상 모든 꽃이 활짝 필 것 같아서

그래서…

비 오는 날

비 오는 날은
꽃들도 고개를 숙이지요

그대 떠나고 나서
나의 하루도
저 빗속의 꽃무리 같습니다

고개 꺾은 채
눈물 꾹 참고 있을 뿐입니다

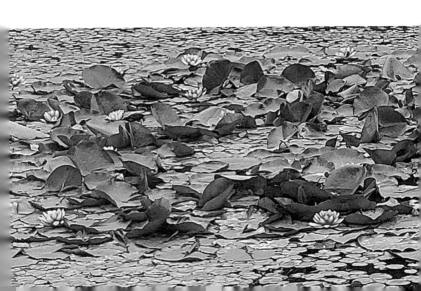

— 사랑하는 사람의 눈에는 장미만 보이고 가시는 보이지 않는다
(독일속담)

그냥 좋아

넌 왜 내가 좋아
그냥 좋아

봄이
좋아서 오는 게 아니고

꽃이
좋아서 피는 게 아니듯

왜라는 이유가 없어
all good!

그냥, 좋다니까

이별

이, 별이 그 별이었니?
눈물 머금고 태어난다는 별
네가 내 어깨에 기대어
언제 다가올지 몰라 마음 졸이던
그 아픈
별

죄와 벌

서점 한 구석
책꽂이 속
내 시집이 벌서고 있습니다

태어나
한 번도 누워보거나
누구의 손길 닿아본 적 없는
처녀림

책으로 둘러친
벽과 벽 사이 곧추선 채
죄 없이
벌 받고 있습니다

하늘도 참, 무심하지요

— "부디, 죄가 있다면 저를 벌하여 주십시오."

사과 하나

사랑은
저 혼자 익어가는
과일이 아네요

둘이 함께
꿈 심어 물주고
싹을 틔워야합니다

어때요
쫙, 갈라놓으니
하트가 분명하지요?

나는
사과 하나로
사랑을 정복할 거예요

"나는 사과 하나로 파리를 정복하겠다." — 폴 세잔

복숭아 생각

농약 치지 않아
벌레 먹고
모양새도 제대로 갖추지 못한
수밀도

복숭아는 어둠 속에서 먹는다지
그래, 사랑 앞에 한번쯤 눈멀어도 좋은 거야

올챙이 적에

올챙이가
꼬리 하나로 건너는 봄
몸속에 쟁여두었던
앞다리 꺼내고
뒷다리 꺼내고
부푼 울음주머니
개골개골
다른 놈의 등에 올라붙어
신방 차릴 때까지
나는 그대에게
손편지 썼다 지우고
지웠다 다시 쓰고
꽃잎 한 장 부치지 못한 채
꼬리가 떨어졌네

— '사랑은 소모품이다, 다시 되돌려 받을 생각 마라.'

다섯 마리 소

내가 졌소
당신이 옳소
마음 가는대로 하소
고맙소
당신 위해 기도하겠소

그래요
소 다섯 마리만 제대로 키우시면
행복한 가정은
따놓은 당상입니다

궁금해서

아이야
내 생각은 온통 너뿐이란다

네 마음속 어느 한구석에라도
내가 있기는 하니?

낙화

피는 것도 힘들었는데

지는 일은 또

얼마나 아쉽고 아프겠니

탓하지 말자

잰걸음으로 가는 저 뒷모습

나에겐 아직 봄이지만

너에겐 벌써 가을이겠구나

— 화무십일홍이라 했던가. 엊그제 핀 것 같은 데 어느새 목련 꽃이 목을 꺾는다. 겨우내 삭풍 속에서도 심지 세워 봄을 준비했던 날들이 너무 빨리 시들어 落花라는 별칭으로 내려앉는다. 루신의 산문집 제목『아침 꽃을 저녁에 줍다』라는 문장을 떠올리며 목련나무 아래 검게 누워있는 주검들을 본다. 그동안 내 곁을 스쳐 지나간 시간과 그 많은 얼굴들이 떨어진 꽃잎 속에 모여 있는 것 같다. 꽃을 위해 썩는 풀이 있는가 하면 열매를 위해 지는 꽃이 있음을 말하려는 듯…

"나에겐 아직 봄이지만 너에겐 벌써 가을이겠구나"

꽃이 지는데 내가 더 아프다

여름이었다

요양원에 수용된 지인에게 안부 문자를 보냈다

'하루하루가 기적입니다'

잠깐 숨 돌릴 새도 없이 답신이 도착했다

'나는 하루하루가 기저귑니다'

기적과 기저귀 사이

웃음으로 울음으로도 녹일 수 없는

얼음벽이 가로막혀 있다

여름이었다

사과의 달인

"미안해"
그 한 마디 속에
꿀과 향기가 묻어 나온다
그는 사과를 잘 쪼개고
하트를 잘 날린다
그의 사과는 만능열쇠
어떤 실수나 오류도
사과 하나로 무화 시킨다
인사치례가 아니다
늘 진심이 묻어 있고
영혼이 담긴 사과
"미안해"

다시, 봄

다 끝난 줄 알았는데

우연처럼
운명처럼

봄볕 같은
너를 만나게 되다니!

내 인생
다시 봄이다

하루하루가 봄날이다

―「사랑은 적정온도가 없다, 타서 재가 되어야 끝난 줄 안다.」

사랑 하나 달랑 메고
— 미스타 트롯 풍으로

세상에 태어나 소풍 길 가다가
운명처럼 만난 사람아

당신이라 좋았어 마음이 고와서
하늘만큼 땅만큼 좋았어

비바람 눈보라도 돌부리 가시밭길도
사랑 하나 달랑 메고

오늘도 내 마음은 구름 위를 날 거야

소풍 가듯 당신과 함께
사랑 하나 달랑 메고서~

사랑 하나 달랑 메고

몇 학년 몇 반
— 미스 트롯 풍으로

몇 학년 몇 반인지
묻기는 왜, 왜 물어
화살 같은 세월 잡을 수야 없지만
그래도 마음은 청춘

오늘은 누굴 위해
꽃 한 송이 살까요
나비처럼 날아가고 싶어라

몇 학년 몇 반이든 우리는 백세 시대
서로 사랑하며 알콩달콩 삽시다

몇 학년 몇반

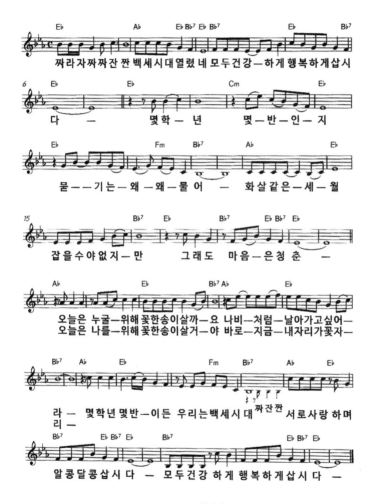

인생

기쁨은
너무 맑아서
웃음으로 다 보이는데

슬픔은
너무 깊어서
눈물로 다 보이지 않네

기쁨과 슬픔
그 사이에 떠서
흔들리고 있는 쪽배 하나

― 인생, 누가 봐도 너무 진부해 보이는 낱말이다. 지금 막 한글을 깨친 문화센터 글쓰기 반 할머니가 아니고야 이런 제목으로 시를 쓰는 사람은 없을 게다. 그래도 썼다. 인생을 노래한 우리나라 최고의 가요는 '하숙생'이다. "인생은 나그네 길 어디서 왔다가 어디로 가는가"로 시작되는 최희준의 노래는 1965년 KBS라디오 연속극 주제가인데 "구름이 흘러가듯 떠돌다 가는 길에~"로 이어지며 고향 떠나 부평초처럼 떠돌던 그 당시 서민의 마음을 녹여주었다. 하숙생도 가수왕도 모두 빈손으로 왔다가 빈손으로 구름처럼 흘러간 지금, 오늘을 살고 있는 우리네 삶은 무엇이 얼마나 달라졌을까. 비 오는 날이면 공치던 열두 냥짜리 인생이야 면했는지 몰라도 너나 없이 기쁨과 슬픔 그 사이에 떠서 흔들리는 작은 쪽배 하나가 아닐는지요.

눈

너는
누더기 같은 일상을
순간에 詩로 바꿔놓는
참, 별난
재주가 있구나

엽서

葉書,
나뭇잎 위에 글씨를 쓴다는 말
봉투에 넣지 않으니 가벼운 사연이라는 말
손바닥만한 자리에 마음은 얹는다는 말

낡은 시집 책갈피에 갇혀 있다가
30년이라는 긴 강을 건너 내 앞에 뚝 떨어진
一葉片舟

한 닢의 사랑이다

가을은 시인 천국이다

주소가 따로 없다
가을은 어디나 낙엽이다
줍고 쓸어 봐도 다시 쌓이는
엽서들, 이맘때쯤이면
사랑도 그리움도
손가락 하트를 날리며 온다
낙엽 밟으며 걷는 길
잔뼈 부서지는 소리가 난다
홍보석이나 황금빛이거나
기쁨이면서 슬픔이다
서로를 보듬어 안은 채
모두가 시인이 되는 잔치
초대받지 못한 사람은 없다
낙엽세례 받으며 계절을 건너는
가을은, 시인 천국이다

—「나는 우주의 집중으로 핀 꽃이다」(불교)

낙엽을 태우면서

딱히 할 일 없고
그리움도 말라버린 날
낙엽이나 태우는 시절이 올까봐
겁나, 겁이 나서
시의 씨앗 뿌리고
움트기를 기다렸습니다
잎 진 나무들도
몸 깊은 곳에는 수액이 흐르듯
늘 시가 꽃 피는
사철나무로 살고 싶어서
시를 씁니다

애장

개나리
진달래
민들레

그리고
애기머리 리본 같은 제비꽃

꽃 대궐 속
장난감처럼 작은
무덤 하나

죄 한 점 없이
세상 떠난 저 천사는

계절마다 꽃 친구가 찾아오니
외롭지는 않겠다

나무

수저 하나 없이

햇살을 마음껏 퍼먹고는

초록으로 배가 불렀다

사방으로 펼쳐놓은 가지에

새들이 둥지 틀었다

월세 한 푼 내지 않는 집

새들이 고마워서

씨앗 물어 나르고

나무는 더불어 숲을 이루었다

― 老 시인이 소주 몇 병 쓰러뜨리고는 취중에 후배 앞에서 몇 마디 하는 소리를 귀동냥으로 주워들었다. "시란 답을 말하는 게 아니라 문제를 제시하는 거야. 즉 우리가 조리 있게 사용하던 말을 엎질러서 비현실적이고 낯선 그림으로 보여주는 거지. 예를 들어 나무를 대상으로 시를 쓴다면 눈에 보이는 모습을 너무 세밀하게 묘사할 필요는 없어. 가지가 너무 촘촘하면 새가 깃들일 틈이 없는 것처럼 시에도 여백을 두어야 독자도 느끼고 생각할 수 있는 거지. 시를 머리로만 읽고 가슴에서 뛰놀지 못한다면 한 번 지나가는 바람으로 생명을 다하는 거야. 사람도 외모보다는 마음인 것처럼 사물의 현상보다는 본질에 주목하라는 말 잊지 말게. 수박을 놓고 겉만 핥는다면 얼마나 어리석은 일인가, 진리도 다시 한번 깨뜨려 속을 파내어야 제맛을 보게 되는 거지." 술이 과해서 시인이 입은 비뚤어졌는지 몰라도 시론 하나 확실히 펼쳐보였습니다.

아버지의 학교

시골 초등학교
운동장에 들어섰다
몇 걸음 앞서가던 아버지
교실 창문도 낮아지고
운동장도 좁아졌다 하신다
학생 수가 줄어서
조그맣게 다시 지었나?
그것도 아니란다
초등학생인 내가 보기에는
꽤 큰 학교 건물이고
넓은 운동장인데
아버지는 고개 갸웃거리며
작다, 작다고만 하신다
오래전 그 시절
꿈 많던 아이가 다니던
아버지의 학교는 어디로 갔을까

시 한 편의 기적

시 한 편으로
세상을 바꿀 수 없지만
나를 바꿀 수는 있다

좋은 시 쓰고 읽어
나를 바꾸고 나면
또 다른 기적을 보게 될 것이다

한 걸음 내딛는 세상도
그만큼 바뀌어 있음을—

마침내 사랑이여

그토록 많은 날들을 그리움과 갈등 속에
만나고 헤어지며 마음을 다지더니
한 송이 꽃을 피우듯 내밀했던 가슴 열고
존경과 믿음으로 두 마음 하나라오

마침내 사랑이여 마주선 두 사람
한 쌍의 원앙이 되어 영원을 맹세하네
뜨거운 가슴으로 함께 할 두 사람
아름다운 날들 위해 축배의 잔을 들자

* "MBC 축하의 노래 공모" 당선곡으로 가수 유익종이 노래함.

마침내 사랑이여

이해원(이영식) 작사
안지현 작곡
유익종 노래

이영식 시화집

꽃을 줄까 시를 줄까

발　　행　2022년 12월 5일
지 은 이　이영식
펴 낸 이　반송림
펴 낸 곳　도서출판 지혜, 계간시전문지 애지
기획위원　반경환 이형권
주　　소　34624 대전광역시 동구 태전로 57, 2층 도서출판 지혜
전　　화　042-625-1140
팩　　스　042-627-1140
전자우편　ejisarang@hanmail.net
애지카페　cafe.daum.net/ejiliterature

시화집을 예쁘게 꾸며주신 고마운 분들

수 채 화　남중칠 화백
유　　화　최서림 시인
표제글씨　박정원 시인

ISBN : 979-11-5728-494-8　03810
값 : 13,000원

이 영 식

이영식 시인은 경기도 이천에서 태어났고, 서울에서 성장했으며, 2000년『문학시상』으로 등단했다. 애지문학상, 한국시문학상, 2012년 올해의 최우수예술가상을 수상했으며 시집으로『꽃의 정치』,『휴』,『희망온도』,『공갈빵이 먹고 싶다』가 있고, 현재 중앙대학교 미래교육원 및 초안산시발전소에서 시창작반을 지도하고 있다.

일찍이 가수 유익종이 불러 크게 히트를 쳤고, 아직도 결혼식 축가로 많이 사랑을 받고 있는『마침내 사랑이여』의 작사가가 이영식(이해원) 시인이라는 사실은 매우 주목할 만하다. "마침내 사랑이여 마주선 두 사람/ 한 쌍의 원앙이 되어 영원을 맹세하네"라는 노래가 이영식 시인의『꽃을 줄까 시를 줄까』라는 시화집詩畵集으로 너무나도 아름답고 감동적으로 울려 퍼지게 된 것이다.

E-mail: lys-poem@hanmail.net